철들고 다시 읽는 교과서 속 그때 그 시

국민명시 문학독본

윤동주 외 지음

지혜정원

차 례

저녁에

〈김광섭〉

저렇게 많은 중에서
별 하나가 나를 내려다본다

이렇게 많은 사람 중에서
그 별 하나를 쳐다본다

밤이 깊을수록
별은 밝음 속에 사라지고
나는 어둠 속에 사라진다

이렇게 정다운
너 하나 나 하나는
어디서 무엇이 되어
다시 만나랴

내 마음은

〈김동명〉

내 마음은 호수요,
그대 저어 오오.
나는 그대의 흰 그림자를 안고, 옥같이
그대의 뱃전에 부서지리다.

내 마음은 촛불이요,
그대 저 문을 닫아 주오.
나는 그대의 비단 옷자락에 떨며, 고요히
최후의 한 방울도 남김없이 타오리다.

내 마음은 나그네요,
그대 피리를 불어 주오.
나는 달 아래 귀를 기울이며, 호젓이
나의 밤을 새이오리다.

내 마음은 낙엽이요,

잠깐 그대의 뜰에 머무르게 하오.

이제 바람이 일면 나는 또 나그네같이, 외로이

그대를 떠나오리다.

봉선화

<김상옥>

비 오자 장독간에 봉선화 반만 벌어
해마다 피는 꽃을 나만 두고 볼 것인가
세세한 사연을 적어 누님께로 보내자

누님이 편지 보며 하마 울까 웃으실까
눈앞에 삼삼이는 고향집을 그리시고
손톱에 꽃물 들이던 그날 생각하시리

양지에 마주 앉아 실로 찬찬 매어 주던
하얀 손 가락 가락이 연붉은 그 손톱을
지금은 꿈 속에 보듯 힘줄만이 서누나

가는 길

〈김소월〉

그립다
말을 할까
하니 그리워

그냥 갈까
그래도
다시 더 한 번

저 산에도 까마귀, 들에 까마귀,
서산에는 해 진다고
지저귑니다

앞 강물, 뒷 강물
흐르는 물은
어서 따라오라고 따라가자고
흘러도 연달아 흐릅디다려

먼 후일

〈김소월〉

먼 훗날 당신이 찾으시면
그때에 내 말이 "잊었노라"

당신이 속으로 나무라면
"무척 그리다가 잊었노라"

그래도 당신이 나무라면
"믿기지 않아서 잊었노라"

오늘도 어제도 아니 잊고
먼 훗날 그때에 "잊었노라"

산

〈김소월〉

산새도 오리나무
위에서 운다
산새는 왜 우노, 시메 산골
영嶺 넘어 갈려고 그래서 울지

눈은 내리네, 와서 덮이네
오늘도 하룻길은
칠팔십 리
돌아서서 육십 리는 가기도 했소

불귀不歸, 불귀, 다시 불귀
삼수갑산三水甲山에 다시 불귀
사나이 속이라 잊으련만,
십오 년 정분을 못 잊겠네

산에는 오는 눈, 들에는 녹는 눈

산새도 오리나무

위에서 운다

삼수갑산 가는 길은 고개의 길

산유화

〈김소월〉

산에는 꽃 피네
꽃이 피네
갈 봄 여름 없이
꽃이 피네

산에
산에
피는 꽃은
저만치 혼자서 피어 있네

산에서 우는 작은 새여
꽃이 좋아
산에서
사노라네

산에는 꽃이 지네

꽃이 지네
갈 봄 여름 없이
꽃이 지네

엄마야 누나야

〈김소월〉

엄마야 누나야, 강변 살자.
뜰에는 반짝이는 금모래 빛
뒷문 밖에는 갈잎의 노래
엄마야 누나야, 강변 살자.

접동새

〈김소월〉

접동
접동
아우래비 접동

진두강 가람가에 살던 누나는
진두강 앞 마을에
와서 웁니다.

옛날 우리나라
먼 뒤쪽의
진두강 가람가에 살던 누나는
의붓어미 시샘에 죽었습니다.

누나라고 불러 보랴
오오 불설워
시샘에 몸이 죽은 우리 누나는
죽어서 접동새가 되었습니다.

아홉이나 남아 되는 오랍동생을
죽어서도 못 잊어 차마 못 잊어
야삼경 남 다 자는 밤이 깊으면
이 산 저 산 옮아가며 슬피 웁니다.

진달래꽃

〈김소월〉

나 보기가 역겨워
가실 때에는
말없이 고이 보내 드리우리다.

영변에 약산
진달래꽃
아름 따다 가실 길에 뿌리우리다.

가시는 걸음 걸음
놓인 그 꽃을
사뿐히 즈려 밟고 가시옵소서.

나 보기가 역겨워
가실 때에는
죽어도 아니 눈물 흘리우리다.

초혼

〈김소월〉

산산히 부서진 이름이여!
허공 중에 헤어진 이름이여!
불러도 주인 없는 이름이여!
부르다가 내가 죽을 이름이여!

심중에 남아 있는 말 한 마디는
끝끝내 마저 하지 못하였구나.
사랑하던 그 사람이여!
사랑하던 그 사람이여!

붉은 해는 서산 마루에 걸리었다.
사슴의 무리도 슬피 운다.
떨어져 나가 앉은 산 위에서
나는 그대의 이름을 부르노라.

설움에 겹도록 부르노라.

설움에 겹도록 부르노라.
부르는 소리는 비껴가지만
하늘과 땅 사이가 너무 넓구나.

선 채로 이 자리에 돌이 되어도
부르다가 내가 죽을 이름이여!
사랑하던 그 사람이여!
사랑하던 그 사람이여!

풀

〈김수영〉

풀이 눕는다.
비를 몰아오는 동풍에 나부껴
풀은 눕고
드디어 울었다.
날이 흐려져 더 울다가
다시 누웠다.

풀이 눕는다.
바람보다도 더 빨리 눕는다.
바람보다도 더 빨리 울고
바람보다 먼저 일어난다.

날이 흐리고 풀이 눕는다.
발목까지
발밑까지 눕는다.
바람보다 늦게 누워도
바람보다 먼저 일어나고
바람보다 늦게 울어도

바람보다 먼저 웃는다.
날이 흐리고 풀뿌리가 눕는다.

끝없는 강물이 흐르네

〈김영랑〉

내 마음의 어딘 듯 한편에 끝없는
강물이 흐르네.
돋쳐 오르는 아침 날빛이 빤질한
은결을 도도네.
가슴엔 듯 눈엔 듯 또 핏줄엔 듯
마음이 도른도른 숨어 있는 곳
내 마음의 어딘 듯 한편에 끝없는
강물이 흐르네.

내 마음을 아실 이

〈김영랑〉

내 마음을 아실 이
내 혼자 마음 날같이 아실 이
그래도 어데라 계실 것이면

내 마음에 때때로 어리우는 티끌과
속임 없는 눈물의 간곡한 방울방울
푸른 밤 고이 맺는 이슬 같은 보람을
보밴 듯 감추었다 내어드리지

아! 그립다
내 혼자 마음 날같이 아실 이
꿈에나 아득히 보이는가

향 맑은 옥돌에 불이 달아
사랑은 타기도 하오련만
불빛에 연긴 듯 희미론 마음은
사랑도 모르리 내 혼자 마음은

돌담에 속삭이는 햇발

〈김영랑〉

돌담에 속삭이는 햇발같이
풀 아래 웃음짓는 샘물같이
내 마음 고요히 고운 봄 길 위에
오늘 하루 하늘을 우러르고 싶다

새악시 볼에 떠오는 부끄럼같이
시의 가슴 살포시 젖는 물결같이
보드레한 에메랄드 얇게 흐르는
실비단 하늘을 바라보고 싶다

모란이 피기까지는

〈김영랑〉

모란이 피기까지는
나는 아직 나의 봄을 기다리고 있을 테요
모란이 뚝뚝 떨어져 버린 날
나는 비로소 봄을 여읜 설움에 잠길 테요
오월 어느 날, 그 하루 무덥던 날
떨어져 누운 꽃잎마저 시들어 버리고는
천지에 모란은 자취도 없어지고
뻗쳐 오르던 내 보람 서운케 무너졌느니
모란이 지고 말면 그뿐, 내 한 해는 다 가고 말아
삼백 예순 날 하냥 섭섭해 우옵내다
모란이 피기까지는
나는 아직 기다리고 있을 테요, 찬란한 슬픔의 봄을

꽃

〈김춘수〉

내가 그의 이름을 불러 주기 전에는
그는 다만
하나의 몸짓에 지나지 않았다.

내가 그의 이름을 불러 주었을 때
그는 나에게로 와서
꽃이 되었다.

내가 그의 이름을 불러 준 것처럼
나의 이 빛깔과 향기에 알맞는
누가 나의 이름을 불러 다오.
그에게로 가서 나도
그의 꽃이 되고 싶다.

우리들은 모두
무엇이 되고 싶다.
너는 나에게 나는 너에게
잊혀지지 않는 하나의 눈짓이 되고 싶다.

가을의 기도

〈김현승〉

가을에는
기도하게 하소서.
낙엽들이 지는 때를 기다려 내게 주신
겸허한 모국어로 나를 채우소서.

가을에는
사랑하게 하소서.
오직 한 사람을 택하게 하소서.
가장 아름다운 열매를 위하여 이 비옥한
시간을 가꾸게 하소서.

가을에는
호올로 있게 하소서.
나의 영혼,
굽이치는 바다와
백합의 골짜기를 지나
마른 나뭇가지 위에 다다른 까마귀같이.

나무

〈김후란〉

어딘지 모를 그곳에
언젠가 심은 나무 한 그루
자라고 있다.

높은 곳을 지향해
두 팔을 벌린
아름다운 나무
사랑스런 나무
겸허한 나무

어느 날 저 하늘에
물결치다가
잎잎으로 외치는
가슴으로 서 있다가

때가 되면
다 버리고
나이테를

세월의 언어를
안으로 안으로 새겨 넣는
나무

그렇게 자라가는 나무이고 싶다.
나도 의연한 나무가 되고 싶다.

꽃

〈박두진〉

이는 먼
해와 달의 속삭임
비밀한 울음

한 번만의 어느 날의
아픈 피 흘림

먼 별에서 별에로의
길섶 위에 떨궈진
다시는 못 돌이킬
엇갈림의 핏방울

꺼질 듯
보드라운
황홀한 한 떨기의
아름다운 정적靜寂

펼치면 일렁이는

사랑의
호심湖心아

나그네

〈박목월〉

강나루 건너서
밀밭 길을

구름에 달 가듯이
가는 나그네

길은 외줄기
남도 삼백 리

술 익는 마을마다
타는 저녁놀

구름에 달 가듯이
가는 나그네

풀잎

〈박성룡〉

풀잎은
퍽도 아름다운 이름을 가졌어요.
우리가 '풀잎' 하고 그를 부를 때는
우리들의 입 속에서는 푸른 휘파람 소리가 나거든요.

바람이 부는 날의 풀잎들은
왜 저리 몸을 흔들까요.
소나기가 오는 날의 풀잎들은
왜 저리 또 몸을 통통거릴까요.

그러나 풀잎은
퍽도 아름다운 이름을 가졌어요.
우리가 '풀잎', '풀잎' 하고 자꾸 부르면,
우리의 몸과 맘도 어느덧
푸른 풀잎이 돼 버리거든요.

떠나가는 배

〈박용철〉

나 두 야 간다
나의 이 젊은 나이를
눈물로야 보낼 거냐
나 두 야 가련다

아늑한 이 항구-ㄴ들 손쉽게야 버릴 거냐
안개같이 물 어린 눈에도 비치나니
골짜기마다 발에 익은 묏부리 모양
주름살도 눈에 익은 아—사랑하던 사람들

버리고 가는 이도 못 잊는 마음
쫓겨가는 마음인들 무어 다를 거냐
돌아다보는 구름에는 바람이 헤살짓는다
앞 대일 언덕인들 마련이나 있을 거냐

나 두 야 가련다
나의 이 젊은 나이를
눈물로야 보낼 거냐

나 두 야 간다

밤기차에 그대를 보내고

〈박용철〉

1

온전한 어둠 가운데 사라져버리는
한낱 촛불이여.
이 눈보라 속에 그대 보내고 돌아서 오는
나의 가슴이여.
쓰린 듯 비인 듯한데 뿌리는 눈은
들어 안겨서
발마다 미끄러지기 쉬운 걸음은
자취 남겨서
머지도 않은 앞이 그저 아득하여라.

2

밖을 내어다보려고, 무척 애쓰는
그대도 설으렸다.
유리창 검은 밖에 제 얼굴만 비쳐 눈물은
그렁그렁하렸다..
내 방에 들면 구석구석이 숨겨진 그 눈은
내게 웃으렸다.

목소리 들리는 듯 성그리는 듯 내 살은
부대끼렸다.
가는 그대 보내는 나 그저 아득하여라.

3
얼어붙은 바다에 쇄빙선같이 어둠을
헤쳐나가는 너.
약한 정 뿌리쳐 떼고 다만 밝음을
찾아가는 그대.
부서진다 놀래랴 두 줄기 궤도를
타고 달리는 너.
죽음이 무서우랴 힘있게 사는 길을
바로 닫는 그대.
실어가는 너 실려가는 그대 그저 아득하여라.

4
이제 아득한 겨울이면 머지 못할 봄날을
나는 바라보자.

봄날같이 웃으며 달려들 그의 기차를

나는 기다리자.

'잊는다' 말인들 어찌 차마! 이대로 웃기를

나는 배워보자.

하다가는 험한 길 헤쳐가는 그의 걸음을

본받아도 보자.

마침내는 그를 따르는 사람이라도 되어보리라.

안 가는 시계

〈박용철〉

네가 그런 엄숙한 얼굴을 할 줄은 몰랐다.

이대로 가랴마는

〈박용철〉

설만들 이대로 가기야 하랴마는
이대로 간단들 못 간다 하랴마는

바람도 없이 고이 떨어지는 꽃잎같이
파란 하늘에 사라져 버리는 구름쪽같이

조그만 열로 지금 수떠리는 피가 멈추고
가는 숨길이 여기서 끝맺는다면

아—얇은 빛 들어오는 영창 아래서
차마 흐르지 못하는 눈물이 온 가슴에 젖어 내리네

목마와 숙녀

〈박인환〉

한 잔의 술을 마시고
우리는 버지니아 울프의 생애와
목마를 타고 떠난 숙녀의 옷자락을 이야기한다.
목마는 주인을 버리고 거저 방울 소리만 울리며
가을 속으로 떠났다, 술병에서 별이 떨어진다.
상심한 별은 내 가슴에 가벼웁게 부서진다.
그러한 잠시 내가 알던 소녀는
정원의 초목 옆에서 자라고
문학이 죽고 인생이 죽고
사랑의 진리마저 애증의 그림자를 버릴 때
목마를 탄 사랑의 사람은 보이지 않는다.
세월은 가고 오는 것
한때는 고립을 피하여 시들어가고
이제 우리는 작별하여야 한다.
술병이 바람에 쓰러지는 소리를 들으며
늙은 여류 작가의 눈을 바라보아야 한다.
……등대에……
불이 보이지 않아도

거저 간직한 페시미즘의 미래를 위하여
우리는 처량한 목마 소리를 기억하여야 한다.
모든 것이 떠나든 죽든
거저 가슴에 남은 희미한 의식을 붙잡고
우리는 버지니아 울프의 서러운 이야기를 들어야 한다.
두 개의 바위 틈을 지나 청춘을 찾은 뱀과 같이
눈을 뜨고 한 잔의 술을 마셔야 한다.
인생은 외롭지도 않고
거저 잡지의 표지처럼 통속하거늘
한탄할 그 무엇이 무서워서 우리는 떠나는 것일까.
목마는 하늘에 있고
방울 소리는 귓전에 철렁거리는데
가을 바람소리는
내 쓰러진 술병 속에서 목메어 우는데

세월이 가면

〈박인환〉

지금 그 사람의 이름은 잊었지만
그의 눈동자 입술은
내 가슴에 있어

바람이 불고
비가 올 때도
나는 저 유리창 밖
가로등 그늘의 밤을 잊지 못하지

사랑은 가고
과거는 남는 것
여름날의 호숫가 가을의 공원
그 벤치 위에
나뭇잎은 떨어지고
나뭇잎은 흙이 되고
나뭇잎에 덮여서
우리들 사랑이 사라진다 해도

지금 그 사람 이름은 잊었지만
그의 눈동자 입술은
내 가슴에 있어
내 서늘한 가슴에 있건만

사의 예찬

〈박종화〉

보라!
때 아니라. 지금은 그 때 아니라.
그러나 보라!
살과 혼,
화려한 오색의 빛으로 얽어서 짜 놓은
훈향薰香 내 높은
환상幻想의 꿈터를 넘어서

검은 옷을 해골 위에 걸고
말없이 주토朱土 빛 흙을 밟는 무리를 보라.
이곳에 생명이 있나니
이곳에 참이 있나니
장엄한 칠흑漆黑의 하늘, 경건한 주토의 거리!
해골! 무언無言!
번쩍이는 진리는 이곳에 있지 아니하냐.
아! 그렇다. 영겁永劫 위에.

젊은 사람의 무리야

모든 새로운 살림을
이 세상 위에 세우려는 사람의 무리야.
부르짖어라, 그대들의
얇으나 강한 성대聲帶가
찢어져 해이解弛될 때까지 부르짖어라.
격념激念에 뛰는 빨간 염통이 터져
아름다운 피를 뿜고 넘어질 때까지
힘껏 성내어 보아라
그러나 얻을 수 없나니,
그것은 흐트러진 만화경萬華鏡 조각
아지 못할 한 때의 꿈자리이다.

마른 나뭇가지에
곱게 물들인 종이로 꽃을 만들어
가지마다 걸고
봄이라 노래하고 춤추며 웃으나,
바람 부는 그 밤이 다시 오면은
눈물 나는 그날이 다시 오면은

허무한 그 밤의 시름 또 어찌하랴?

얻을 수 없나니, 찾을 수 없나니,
분粉 먹인 얇다란 종이 하나로,
온갖 추예醜穢를 가리운 이 시절에
진리의 빛을 볼 수 없나니.
아, 돌아가자.
살과 혼
훈향 내 높은 환상의 꿈터를 넘어서
거룩한 해골의 무리
말없이 걷는
칠흑의 하늘, 주토의 거리로 돌아가자.

논개

〈변영로〉

거룩한 분노는
종교보다도 깊고
불붙는 정열은
사랑보다도 강하다.
아, 강낭콩 꽃보다도 더 푸른
그 물결 위에
양귀비 꽃보다도 더 붉은
그 마음 흘러라.

아리땁던 그 아미娥眉
높게 흔들리우며
그 석류 속 같은 입술
죽음을 입맞추었네.
아, 강낭콩 꽃보다도 더 푸른
그 물결 위에
양귀비 꽃보다도 더 붉은
그 마음 흘러라.

흐르는 강물은
길이길이 푸르리니
그대의 꽃다운 혼
어이 아니 붉으랴.
아, 강낭콩 꽃보다도 더 푸른
그 물결 위에
양귀비 꽃보다도 더 붉은
그 마음 흘러라.

봄비

〈변영로〉

나직하고, 그윽하게 부르는 소리 있어,
나아가 보니, 아, 나아가 보니—
졸음 잔뜩 실은 듯한 젖빛 구름만이
무척이나 가쁜 듯이, 한없이 게으르게
푸른 하늘 위를 거닌다.
아, 잃은 것 없이 서운한 나의 마음!

나직하고, 그윽하게 부르는 소리 있어,
나아가 보니, 아, 나아가 보니—
아려-ㅁ풋이 나는, 지난날의 회상回想같이
떨리는, 뵈지 않는 꽃의 입김만이
그의 향기로운 자랑 안에 자지러지노나!
아, 찔림 없이 아픈 나의 가슴!

나직하고, 그윽하게 부르는 소리 있어,
나아가 보니, 아, 나아가 보니—
이제는 젖빛 구름도 꽃의 입김도 자취 없고
다만 비둘기 발목만 붉히는 은銀실 같은 봄비만이

노래도 없이 근심같이 내리노니!

아, 안 올 사람 기다리는 나의 마음!

껍데기는 가라

〈신동엽〉

껍데기는 가라.
사월도 알맹이만 남고
껍데기는 가라.

껍데기는 가라.
동학년東學年 곰나루의, 그 아우성만 살고
껍데기는 가라.

그리하여, 다시
껍데기는 가라.
이곳에선, 두 가슴과 그곳까지 내논
아사달 아사녀가
중립의 초례청 앞에 서서
부끄럼 빛내며
맞절할지니

껍데기는 가라.
한라에서 백두까지

향그러운 흙가슴만 남고

그, 모오든 쇠붙이는 가라.

그 먼 나라를 알으십니까

〈신석정〉

어머니,
당신은 그 먼 나라를 알으십니까?

깊은 산림 지대를 끼고 돌면
고요한 호수에 흰 물새 날고,
좁은 들길에 들장미 열매 붉어
멀리 노루새끼 마음 놓고 뛰어다니는
아무도 살지 않는 그 먼 나라를 알으십니까?

그 나라에 가실 때에는 부디 잊지 마셔요.
나와 같이 그 나라에 가서 비둘기를 키웁시다.

어머니,
당신은 그 먼 나라를 알으십니까?

산비탈 넌지시 타고 내려오면
양지밭에 흰 염소 한가히 풀 뜯고
길 솟는 옥수수밭에 해는 저물어 저물어

먼 바다 물 소리 구슬피 들려오는
아무도 살지 않는 그 먼 나라를 알으십니까?

어머니 부디 잊지 마셔요.
그때 우리는 어린 양을 몰고 돌아옵시다.

어머니,
당신은 그 먼 나라를 알으십니까?

오월 하늘에 비둘기 멀리 날고
오늘처럼 촐촐히 비가 내리면,
꿩소리도 유난히 한가롭게 들리리다.
서리까마귀 높이 날아 산국화 더욱 곱고
노란 은행잎이 한들한들 푸른 하늘에 날리는
가을이면 어머니! 그 나라에서

양지밭 과수원에 꿀벌이 잉잉거릴 때,
나와 함께 그 새빨간 능금을 또옥똑 따지 않으렵니까?

그날이 오면

〈심훈〉

그날이 오면, 그날이 오면은
삼각산이 일어나 더덩실 춤이라도 추고
한강물이 뒤집혀 용솟음칠 그날이
이 목숨이 끊기기 전에 와 주기만 하량이면
나는 밤하늘에 날으는 까마귀와 같이
종로의 인경을 머리로 들이받아 울리오리다.
두개골은 깨어져 산산조각이 나도
기뻐서 죽사오매 오히려 무슨 한이 남으오리까.

그날이 와서, 오오 그날이 와서
육조 앞 넓은 길을 울며 뛰며 뒹굴어도
그래도 넘치는 기쁨에 가슴이 미어질 듯하거든
드는 칼로 이 몸의 가죽이라도 벗겨서
커다란 북을 만들어 들쳐 메고는
여러분의 행렬에 앞장을 서오리다.
우렁찬 그 소리를 한 번이라도 듣기만 하면
그 자리에 거꾸러져도 눈을 감겠소이다.

길

〈윤동주〉

잃어버렸습니다.
무얼 어디다 잃었는지 몰라
두 손의 호주머니를 더듬어
길에 나갑니다.

돌과 돌과 돌이 끝없이 연달아
길은 돌담을 끼고 갑니다.

담은 쇠문을 굳게 닫아
길 위에 긴 그림자를 드리우고

길은 아침에서 저녁으로
저녁에서 아침으로 통했습니다.

돌담을 더듬어 눈물짓다
쳐다보면 하늘은 부끄럽게 푸릅니다.

풀 한 포기 없는 이 길을 걷는 것은

담 저쪽에 내가 남아 있는 까닭이고,

내가 사는 것은, 다만,
잃은 것을 찾는 까닭입니다.

또 다른 고향

〈윤동주〉

고향에 돌아온 날 밤에
내 백골白骨이 따라와 한 방에 누웠다.

어둔 방은 우주로 통하고
하늘에선가 소리처럼 바람이 불어온다.

어둠 속에 곱게 풍화작용風化作用하는
백골을 들여다보며
눈물짓는 것이 내가 우는 것이냐
백골이 우는 것이냐
아름다운 혼이 우는 것이냐

지조 높은 개는
밤을 새워 어둠을 짖는다.
어둠을 짖는 개는
나를 쫓는 것일 게다.

가자 가자

쫓기우는 사람처럼 가자.

백골 몰래

아름다운 또 다른 고향에 가자.

별 헤는 밤

〈윤동주〉

계절이 지나가는 하늘에는
가을로 가득 차 있습니다.

나는 아무 걱정도 없이
가을 속의 별들을 다 헤일 듯합니다.

가슴 속에 하나 둘 새겨지는 별을
이제 다 못 헤는 것은
쉬이 아침이 오는 까닭이요,
내일 밤이 남은 까닭이요,
아직 나의 청춘이 다하지 않은 까닭입니다.

별 하나에 추억과
별 하나에 사랑과
별 하나에 쓸쓸함과
별 하나에 동경과
별 하나에 시와
별 하나에 어머니, 어머니

어머님, 나는 별 하나에 아름다운 말 한 마디씩 불러 봅니다. 소학교 때 책상을 같이했던 아이들의 이름과, 패佩, 경鏡, 옥玉, 이런 이국 소녀들의 이름과, 벌써 아기 어머니 된 계집애들의 이름과, 가난한 이웃 사람들의 이름과, 비둘기, 강아지, 토끼, 노새, 노루, '프랑시스 잠', '라이너 마리아 릴케', 이런 시인의 이름을 불러 봅니다.

이네들은 너무나 멀리 있습니다.
별이 아스라이 멀듯이,

어머님,
그리고 당신은 멀리 북간도北間島에 계십니다.

나는 무엇인지 그리워
이 많은 별빛이 내린 언덕 위에
내 이름자를 써 보고,
흙으로 덮어 버리었습니다.

딴은 밤을 새워 우는 벌레는
부끄러운 이름을 슬퍼하는 까닭입니다.

그러나 겨울이 지나고 나의 별에도 봄이 오면
무덤 위에 파란 잔디가 피어나듯이
내 이름자 묻힌 언덕 위에도
자랑처럼 풀이 무성할 게외다.

서시

<윤동주>

죽는 날까지 하늘을 우러러
한 점 부끄럼이 없기를,
잎새에 이는 바람에도
나는 괴로워했다.
별을 노래하는 마음으로
모든 죽어가는 것을 사랑해야지
그리고 나한테 주어진 길을
걸어가야겠다.

오늘밤에도 별이 바람에 스치운다.

쉽게 쓰여진 시

〈윤동주〉

창밖에 밤비가 속살거려
육첩방六疊房은 남의 나라

시인이란 슬픈 천명天命인 줄 알면서도
한 줄 시를 적어 볼까

땀내와 사랑내 포근히 품긴
보내주신 학비 봉투를 받아

대학 노-트를 끼고
늙은 교수의 강의 들으러 간다.

생각해 보면 어린 때 동무를
하나, 둘, 죄다 잃어버리고

나는 무얼 바라
나는 다만, 홀로 침전沈澱하는 것일까?

인생은 살기 어렵다는데
시가 이렇게 쉽게 씌어지는 것은
부끄러운 일이다.

육첩방은 남의 나라
창밖에 밤비가 속살거리는데

등불을 밝혀 어둠을 조금 내몰고
시대처럼 올 아침을 기다리는 최후의 나

나는 나에게 작은 손을 내밀어
눈물과 위안으로 잡는 최초의 악수.

십자가

〈윤동주〉

쫓아오던 햇빛인데
지금 교회당 꼭대기
십자가에 걸리었습니다.

첨탑尖塔이 저렇게도 높은데
어떻게 올라갈 수 있을까요.

종소리도 들려오지 않는데
휘파람이나 불며 서성거리다가,

괴로웠던 사나이
행복한 예수 그리스도에게처럼
십자가가 허락된다면

모가지를 드리우고
꽃처럼 피어나는 피를
어두워가는 하늘 밑에
조용히 흘리겠습니다.

자화상

〈윤동주〉

산모퉁이를 돌아 논가 외딴 우물을 홀로 찾아가선
가만히 들여다봅니다.

우물 속에는 달이 밝고 구름이 흐르고
하늘이 펼치고 파아란 바람이 불고 가을이 있습니다.

그리고 한 사나이가 있습니다.
어쩐지 그 사나이가 미워져 돌아갑니다.

돌아가다 생각하니 그 사나이가 가엾어집니다.
도로 가 들여다보니 사나이는 그대로 있습니다.

다시 그 사나이가 미워져 돌아갑니다.
돌아가다 생각하니 그 사나이가 그리워집니다.

우물 속에는 달이 밝고 구름이 흐르고
하늘이 펼치고 파아란 바람이 불고 가을이 있고
추억처럼 사나이가 있습니다.

참회록

〈윤동주〉

파란 녹이 낀 구리 거울 속에
내 얼굴이 남아 있는 것은
어느 왕조王朝의 유물遺物이기에
이다지도 욕될까.

나는 나의 참회懺悔의 글을 한 줄에 줄이자.
—만 이십사 년滿二十四年 일 개월一個月을
무슨 기쁨을 바라 살아 왔던가.

내일이나 모레나 그 어느 즐거운 날에
나는 또 한 줄의 참회록懺悔錄을 써야 한다.
—그때 그 젊은 나이에
왜 그런 부끄런 고백告白을 했던가.

밤이면 밤마다 나의 거울을
손바닥으로 발바닥으로 닦아 보자.

그러면 어느 운석隕石 밑으로 홀로 걸어가는

슬픈 사람의 뒷모양이
거울 속에 나타나온다.

편지

〈윤동주〉

누나!
이 겨울에도
눈이 가득히 왔습니다.

흰 봉투에
눈을 한 줌 넣고
글씨도 쓰지 말고
우표도 붙이지 말고
말쑥하게 그대로
편지를 부칠까요.

누나 가신 나라엔
눈이 아니 온다기에.

거울

〈이상〉

거울속에는소리가없소
저렇게까지조용한세상은참없을것이오

거울속에도내게귀가있소
내말을못알아듣는딱한귀가두개나있소

거울속의나는왼손잡이오
내악수를받을줄모르는—악수를모르는왼손잡이오

거울때문에나는거울속의나를만져보지를못하는구료마는
거울아니었던들내가어찌거울속의나를만나보기만이라도했겠소

나는지금거울을안가졌소마는거울속에는늘거울속의내가있소
잘은모르지만외로된사업에골몰할게요

거울속의나는참나와는반대요마는또꽤닮았소
나는거울속의나를근심하고진찰할수없으니퍽섭섭하오

나의 침실로

〈이상화〉

「마돈나」 지금은 밤도 모든 목거지에 다니노라. 피곤疲困하여 돌아가련도다.

아, 너도 먼동이 트기 전으로 수밀도水蜜桃의 네 가슴에 이슬이 맺도록 달려 오너라.

「마돈나」 오려무나, 네 집에서 눈으로 유전遺傳하던 진주眞珠는 다 두고 몸만 오너라.

빨리 가자, 우리는 밝음이 오면 어딘지 모르게 숨는 두 별이어라.

「마돈나」 구석지고도 어둔 마음의 거리에서 나는 두려워 떨며 기다리노라.

아, 어느덧 첫닭이 울고―뭇 개가 짖도다, 나의 아씨여 너도 듣느냐.

「마돈나」 지난 밤이 새도록 내 손수 닦아 둔 침실寢室로 가자, 침실로!

낡은 달은 빠지려는데 내 귀가 듣는 발자욱―오, 너의 것이냐?

「마돈나」 짧은 심지를 더우 잡고 눈물도 없이 하소연하는 내 맘의 촛불을 봐라.

양털 같은 바람결에도 질식窒息이 되어 얄푸른 연기로 꺼지려는도다.

「마돈나」 오너라, 가자, 앞산 그르매가 도깨비처럼 발도 없이 이곳 가까이 오도다.

아, 행여나 누가 볼는지—가슴이 뛰누나, 나의 아씨여, 너를 부른다.

「마돈나」 날이 새련다, 빨리 오려무나. 사원寺院의 쇠북이 우리를 비웃기 전에.

네 손이 내 목을 안아라, 우리도 이 밤과 같이 오랜 나라로 가고 말자.

「마돈나」 뉘우침과 두려움의 외나무 다리 건너 있는 내 침실, 열 이도 없느니!

아, 바람이 불도다, 그와 같이 가볍게 오려무나, 나의 아씨여,

네가 오느냐?

「마돈나」 가엾어라, 나는 미치고 말았는가, 없는 소리를 내 귀가 들음은—.

내 몸에 피란 피—가슴의 샘이 말라 버린 듯 마음과 목이 타려는도다.

「마돈나」 언젠들 안 갈 수 있으랴, 갈 테면 우리가 가자, 끄을려 가지 말고!

너는 내 말을 믿는 '마리아'—내 침실이 부활復活의 동굴洞窟임을 네야 알련만…….

「마돈나」 밤이 주는 꿈, 우리가 얽는 꿈, 사람이 안고 궁구는 목숨의 꿈이 다르지 않느니,

아, 어린애 가슴처럼 세월歲月 모르는 나의 침실로 가자, 아름답고 오랜 거기로.

「마돈나」 별들의 웃음도 흐려지려 하고, 어둔 밤 물결도 잦아지려는도다.

아, 안개가 사라지기 전으로 네가 와야지, 나의 아씨여, 너를 부른다.

빼앗긴 들에도 봄은 오는가

〈이상화〉

지금은 남의 땅— 빼앗긴 들에도 봄은 오는가?

나는 온몸에 햇살을 받고
푸른 하늘 푸른 들이 맞붙은 곳으로
가르마 같은 논길을 따라 꿈속을 가듯 걸어만 간다.

입술을 다문 하늘아, 들아,
내 맘에는 나 혼자 온 것 같지를 않구나!
네가 끌었느냐, 누가 부르더냐, 답답워라, 말을 해다오.

바람은 내 귀에 속삭이며
한 자욱도 섰지 마라, 옷자락을 흔들고
종다리는 울타리 너머 아가씨같이 구름 뒤에서 반갑다 웃네.

고맙게 잘 자란 보리밭아,
간밤 자정이 넘어 내리던 고운 비로
너는 삼단 같은 머리털을 감았구나, 내 머리조차 가뿐하다.

혼자라도 가쁘게나 가자.
마른 논을 안고 도는 착한 도랑이
젖먹이 달래는 노래를 하고 제 혼자 어깨춤만 추고 가네.

나비, 제비야, 깝치지 마라.
맨드라미, 들마꽃에도 인사를 해야지.
아주까리 기름을 바른 이가 지심 매던 그 들이라 다 보고 싶다.

내 손에 호미를 쥐어다오.
살찐 젖가슴과 같은 부드러운 이 흙을
발목이 시도록 밟아도 보고, 좋은 땀조차 흘리고 싶다.

강가에 나온 아이와 같이
짬도 모르고 끝도 없이 닫는 내 혼아,
무엇을 찾느냐, 어디로 가느냐, 웃어웁다, 답을 하려무나.

나는 온몸에 풋내를 띠고
푸른 웃음, 푸른 설움이 어우러진 사이로
다리를 절며 하루를 걷는다. 아마도 봄 신령이 지폈나보다.

그러나 지금은 들을 빼앗겨 봄조차 빼앗기겠네.

통곡

〈이상화〉

하늘을 우러러
울기는 하여도
하늘이 그리워 울음이 아니라
두 발을 못 뻗는 이 땅이 애달파
하늘을 흘기니
울음이 터진다.
해야 웃지 마라,
달도 뜨지 마라.

광야

〈이육사〉

까마득한 날에
하늘이 처음 열리고
어데 닭 우는 소리 들렸으랴.

모든 산맥들이
바다를 연모해 휘달릴 때도
차마 이곳을 범犯하던 못하였으리라.

끊임없는 광음光陰을
부지런한 계절이 피어선 지고
큰 강물이 비로소 길을 열었다.

지금 눈 내리고
매화 향기 홀로 아득하니,
내 여기 가난한 노래의 씨를 뿌려라.

다시 천고千古의 뒤에
백마 타고 오는 초인超人이 있어

이 광야에서 목놓아 부르게 하리라.

절정

〈이육사〉

매운 계절季節의 채찍에 갈겨
마침내 북방北方으로 휩쓸려 오다.

하늘도 그만 지쳐 끝난 고원高原
서릿발 칼날진 그 위에 서다.

어디다 무릎을 꿇어야 하나?
한 발 재겨 디딜 곳조차 없다.

이러매 눈감아 생각해 볼밖에
겨울은 강철로 된 무지갠가 보다.

청포도

〈이육사〉

내 고장 칠월은
청포도가 익어가는 시절

이 마을 전설이 주저리주저리 열리고
먼 데 하늘이 꿈꾸며 알알이 들어와 박혀

하늘 밑 푸른 바다가 가슴을 열고
흰 돛단배가 곱게 밀려서 오면

내가 바라는 손님은 고달픈 몸으로
청포靑袍를 입고 찾아온다고 했으니

내 그를 맞아 이 포도를 따 먹으면
두 손은 함뿍 적셔도 좋으련

아이야, 우리 식탁엔 은쟁반에
하이얀 모시 수건을 마련해 두렴

봄은 고양이로다

〈이장희〉

꽃가루와 같이 부드러운 고양이의 털에
고운 봄의 향기香氣가 어리우도다
금방울과 같이 호동그란 고양이의 눈에
미친 봄의 불길이 흐르도다

고요히 다물은 고양이의 입술에
포근한 봄 졸음이 떠돌아라

날카롭게 쭉 뻗은 고양이의 수염에
푸른 봄의 생기生氣가 뛰놀아라

고향

〈정지용〉

고향에 고향에 돌아와도
그리던 고향은 아니러뇨.

산꽁이 알을 품고
뻐꾸기 제철에 울건만,

마음은 제 고향 지니지 않고
머언 항구로 떠도는 구름.

오늘도 메끝에 홀로 오르니
흰점 꽃이 인정스레 웃고,

어린 시절에 불던 풀피리 소리 아니 나고
메마른 입술에 쓰디쓰다.

고향에 고향에 돌아와도
그리던 하늘만이 높푸르구나.

그의 반

〈정지용〉

내 무엇이라 이름하리 그를?
나의 영혼 안의 고운 불,
공손한 이마에 비추는 달,
나의 눈보다 값진 이,
바다에서 솟아 올라 나래 떠는 금성金星,
쪽빛 하늘에 흰꽃을 달은 고산 식물高山植物,
나의 가지에 머물지 않고,
나의 나라에서도 멀다.
홀로 어여삐 스스로 한가로워—항상 머언 이,
나는 사랑을 모르노라. 오로지 수그릴 뿐.
때없이 가슴에 두 손이 여미어지며
굽이굽이 돌아 나간 시름의 황혼길 위—
나—바다 이편에 남긴
그의 반임을 고이 지니고 걷노라.

유리창 I

〈정지용〉

유리琉璃에 차고 슬픈 것이 어린거린다.
열없이 붙어서서 입김을 흐리우니
길들은양 언날개를 파다거린다.
지우고 보고 지우고 보아도
새까만 밤이 밀려나가고 밀려와 부딪치고,
물먹은 별이, 반짝, 보석寶石처럼 백힌다.
밤에 홀로 유리琉璃를 닦는 것은
외로운 황홀한 심사이어니,
고운 폐혈관肺血管이 찢어진 채로
아아, 늬는 산山 새처럼 날러갔구나!

향수

〈정지용〉

넓은 벌 동쪽 끝으로
옛 이야기 지줄대는 실개천이 휘돌아 나가고
얼룩백이 황소가
해설피 금빛 게으른 울음을 우는 곳
—그 곳이 차마 꿈엔들 잊힐리야

질화로에 재가 식어지면
빈 밭에 밤바람 소리 말을 달리고
엷은 졸음에 겨운 늙으신 아버지가
짚벼개를 돋아 고이시는 곳
—그 곳이 차마 꿈엔들 잊힐리야

흙에서 자란 내마음
파아란 하늘 빛이 그리워
함부로 쏜 화살을 찾으러
풀섶 이슬에 함추름 휘적시던 곳
—그 곳이 차마 꿈엔들 잊힐리야

전설 바다에 춤추는 밤물결 같은
검은 귀밑머리 날리는 어린 누이와
아무렇지도 않고 예쁠 것도 없는
사철 발 벗은 아내가
따가운 햇살을 등에 지고 이삭 줍던 곳
—그 곳이 차마 꿈엔들 잊힐리야

하늘에는 성근 별
알수도 없는 모래성으로 발을 옮기고
서리 까마귀 우지짖고 지나가는 초라한 지붕
흐릿한 불빛에 돌아앉아 도란도란거리는 곳
—그 곳이 차마 꿈엔들 잊힐리야

호수 I

〈정지용〉

얼굴 하나야
손바닥 둘로
폭 가리지만

보고 싶은 마음
호수만 하니
눈 감을밖에

승무

〈조지훈〉

얇은 사紗 하이얀 고깔은
고이 접어서 나빌레라.

파르라니 깎은 머리
박사薄紗 고깔에 감추오고,

두 볼에 흐르는 빛이
정작으로 고와서 서러워라.

빈 대臺에 황촉黃燭불이 말없이 녹는 밤에
오동잎 잎새마다 달이 지는데,

소매는 길어서 하늘은 넓고,
돌아설 듯 날아가며 사뿐히 접어 올린 외씨보선이여!

까만 눈동자 살포시 들어
먼 하늘 한 개 별빛에 모두오고,

복사꽃 고운 뺨에 아롱질 듯 두 방울이야
세사世事에 시달려도 번뇌煩惱는 별빛이라.

휘어져 감기우고 다시 접어 뻗는 손이
깊은 마음 속 거룩한 합장合掌인 양하고,

이 밤사 귀또리도 지새우는 삼경三更인데,
얇은 사紗 하이얀 고깔은 고이 접어서 나빌레라.

귀천

<천상병>

나 하늘로 돌아가리라
새벽빛 와 닿으면 스러지는
이슬 더불어 손에 손을 잡고,

나 하늘로 돌아가리라
노을빛 함께 단 둘이서
기슭에서 놀다가 구름 손짓하면은,

나 하늘로 돌아가리라
아름다운 이 세상 소풍 끝내는 날,
가서, 아름다웠더라고 말하리라.

나룻배와 행인

〈한용운〉

나는 나룻배
당신은 행인.

당신은 흙발로 나를 짓밟습니다.
나는 당신을 안고 물을 건너갑니다.
나는 당신을 안으면 깊으나 옅으나 급한 여울이나 건너갑니다.

만일 당신이 아니 오시면 나는 바람을 쐬고 눈비를 맞으며 밤에서 낮까지 당신을 기다리고 있습니다.
당신은 물만 건너면 나를 돌아보지도 않고 가십니다 그려.
그러나 당신이 언제든지 오실 줄만은 알아요.
나는 당신을 기다리면서 날마다 날마다 낡아갑니다.

나는 나룻배
당신은 행인.

님의 침묵

〈한용운〉

님은 갔습니다. 아아, 사랑하는 나의 님은 갔습니다.

푸른 산빛을 깨치고 단풍나무 숲을 향하여 난 작은 길을 걸어서 차마 떨치고 갔습니다.

황금의 꽃같이 굳고 빛나던 옛 맹세는 차디찬 티끌이 되어서 한숨의 미풍에 날아갔습니다.

날카로운 첫 키스의 추억은 나의 운명의 지침을 돌려 놓고 뒷걸음쳐서 사라졌습니다.

나는 향기로운 님의 말소리에 귀먹고 꽃다운 님의 얼굴에 눈멀었습니다.

사랑도 사람의 일이라 만날 때에 미리 떠날 것을 염려하고 경계하지 아니한 것은 아니지만, 이별은 뜻밖의 일이 되고 놀란 가슴은 새로운 슬픔에 터집니다.

그러나 이별을 쓸데없는 눈물의 원천을 만들고 마는 것은 스스로 사랑을 깨치는 것인 줄 아는 까닭에, 걷잡을 수 없는 슬픔의 힘을 옮겨서 새 희망의 정수박이에 들어부었습니다.

우리는 만날 때에 떠날 것을 염려하는 것과 같이 떠날 때에 다시 만날 것을 믿습니다.

아아, 님은 갔지마는 나는 님을 보내지 아니하였습니다.

제 곡조를 못 이기는 사랑의 노래는 님의 침묵을 휩싸고 돕니다.

복종

〈한용운〉

남들은 자유를 사랑한다지마는 나는 복종을 좋아하여요.

자유를 모르는 것은 아니지만 당신에게는 복종만 하고 싶어요.

복종하고 싶은 데 복종하는 것은 아름다운 자유보다도 달콤합니다.

그것이 나의 행복입니다.

그러나 당신이 나더러 다른 사람을 복종하라면 그것만은 복종할 수 없습니다.

다른 사람을 복종하려면 당신에게는 복종할 수 없는 까닭입니다.

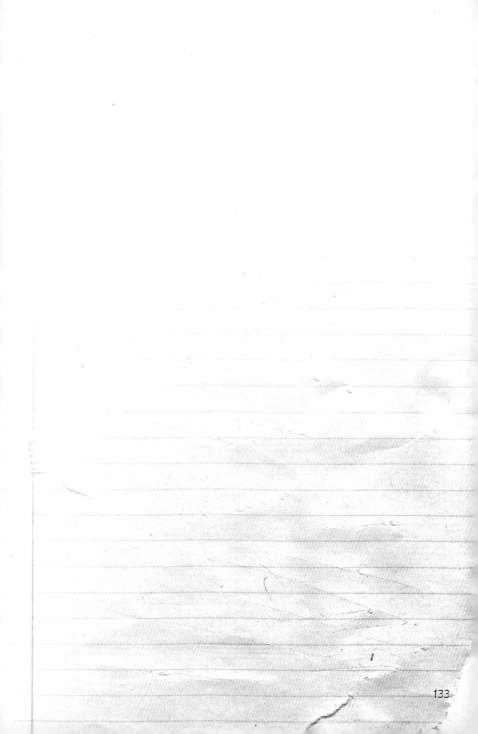

사랑하는 까닭

〈한용운〉

내가 당신을 사랑하는 것은 까닭이 없는 것이 아닙니다.

다른 사람들은 나의 홍안만을 사랑하지마는 당신은 나의 백발도 사랑하는 까닭입니다.

내가 당신을 그리워하는 것은 까닭이 없는 것이 아닙니다.

다른 사람들은 나의 미소만을 사랑하지마는 당신은 나의 눈물도 사랑하는 까닭입니다.

내가 당신을 기다리는 것은 까닭이 없는 것이 아닙니다.

다른 사람들은 나의 건강만을 사랑하지마는 당신은 나의 죽음도 사랑하는 까닭입니다.

알 수 없어요

〈한용운〉

바람도 없는 공중에 수직의 파문을 내며 고요히 떨어지는 오동잎은 누구의 발자취입니까?

지리한 장마 끝에 서풍에 몰려가는 무서운 검은 구름의 터진 틈으로, 언뜻언뜻 보이는 푸른 하늘은 누구의 얼굴입니까?

꽃도 없는 깊은 나무에 푸른 이끼를 거쳐서, 옛 탑 위의 고요한 하늘을 스치는 알 수 없는 향기는 누구의 입김입니까?

근원은 알지도 못할 곳에서 나서 돌부리를 울리고, 가늘게 흐르는 작은 시내는 굽이굽이 누구의 노래입니까?

연꽃 같은 발꿈치로 가이 없는 바다를 밟고, 옥 같은 손으로 끝없는 하늘을 만지면서, 떨어지는 해를 곱게 단장하는 저녁놀은 누구의 시입니까?

타고 남은 재가 다시 기름이 됩니다. 그칠 줄을 모르고 타는 나의 가슴은 누구의 밤을 지키는 약한 등불입니까?

그대의 별이 되어

〈허영자〉

사랑은
눈 멀고 귀 먹고
그래서 멍멍히 괴어 있는
물이 되는 일이다.

물이 되어
그대의 그릇에
정갈히 담기는 일이다.

사랑은
눈 뜨이고 귀 열리고
그래서 총총히 빛나는
별이 되는 일이다.

별이 되어
그대 밤 하늘을
잠 안 자고 지키는 일이다.

사랑은
꿈이다가 생시이다가
그 전부이다가
마침내 아무것도 아닌 것이 되는 일이다.

아무것도 아닌 것이 되어
그대의 한 부름을
고즈넉이 기다리는 일이다.

나는 왕이로소이다

〈홍사용〉

나는 왕이로소이다. 나는 왕이로소이다. 어머니의 가장 어여쁜 아들, 나는 왕이로소이다. 가장 가난한 농군의 아들로서…….

그러나 시왕전十王殿에서도 쫓기어 난 눈물의 왕이로소이다.

"맨 처음으로 내가 너에게 준 것이 무엇이냐" 이렇게 어머니께서 물으시면은 "맨 처음으로 어머니께 받은 것은 사랑이었지요마는 그것은 눈물이더이다" 하겠나이다. 다른 것도 많지요마는…….

"맨 처음으로 네가 나에게 한 말이 무엇이냐" 이렇게 어머니께서 물으시면은 "맨 처음으로 어머니께 드린 말씀은 '젖 주셔요' 하는 그 소리였지마는, 그것은 '으아—'하는 울음이었나이다" 하겠나이다. 다른 말씀도 많지요마는…….

이것은 노상 왕에게 들리어 주신 어머니의 말씀인데요.

왕이 처음으로 이 세상에 올 때에는 어머니의 흘리신 피를 몸에다 휘감고 왔더랍니다.

그날에 동네의 늙은이와 젊은이들은 모두 "무엇이냐?"고 쓸

데없는 물음질로 한창 바쁘게 오고 갈 때에도 어머니께서는 기꺼움보다도 아무 대답도 없이 속 아픈 눈물만 흘리셨답니다. 발가숭이 어린 왕 나도 어머니의 눈물을 따라서 발버둥질치며 '으아—' 소리쳐 울더랍니다.

그날 밤도 이렇게 달 있는 밤인데요, 으스름달이 무리 서고 뒷동산에 부엉이 울음 울던 밤인데요,

어머니께서는 구슬픈 옛 이야기를 하시다가요, 일없이 한숨을 길게 쉬시며 웃으시는 듯한 얼굴을 얼른 숙이시더이다.

왕은 노상 버릇인 눈물이 나와서 그만 끝까지 섧게 울어 버렸소이다. 울음의 뜻은 도무지 모르면서도요.

어머니께서 졸으실 때에는 왕만 혼자 울었소이다.

어머니의 지우시는 눈물이 젖먹는 왕의 뺨에 떨어질 때에면, 왕도 따라서 시름없이 울었소이다.

열한 살 먹던 해 정월 열나흗날 밤, 맨재텀이로 그림자를 보러 갔을 때인데요, 명命이나 긴가 짧은가 보려고.

왕의 동무 장난꾼 아이들이 심술스럽게 놀리더이다. 모가지

없는 그림자라고요.

왕은 소리쳐 울었소이다. 어머니께서 들으시도록, 죽을까 겁이 나서요.

나무꾼의 산타령을 따라가다가 건너 산비탈로 지나가는 상두꾼의 구슬픈 노래를 처음 들었소이다.

그 길로 옹달 우물로 가자고 지름길로 들어서면은 찔레나무 가시 덤불에서 처량히 우는 한 마리 파랑새를 보았소이다.

그래 철없는 어린 왕 나는 동무라 하고 쫓아가다가 돌부리에 걸리어 넘어져서 무릎을 비비며 울었소이다.

할머니 산소 앞에 꽃 심으러 가던 한식날 아침에,

어머니께서는 왕에게 하얀 옷을 입히시더이다. 그리고 귀밑머리를 단단히 땋아 주시며 "오늘부터는 아무쪼록 울지 말아라"

아아, 그 때부터 눈물의 왕은!

어머니 몰래 남 모르게 속 깊이 소리 없이 혼자 우는 그것이 버릇이 되었소이다.

누우런 떡갈나무 우거진 산길로 허물어진 봉화 둑 앞으로 쫓긴 이의 노래를 부르며 어슬렁거릴 때에, 바위 밑에 돌부처는 모른 체하며 감중연하고 앉았더이다.

아아, 뒷동산 장군 바위에서 날마다 자고 가는 뜬구름은 얼마나 많이 왕의 눈물을 싣고 갔는지요.

나는 왕이로소이다. 어머니의 외아들, 나는 이렇게 왕이로소이다.

그러나 그러나 눈물의 왕! 이 세상 어느 곳에든지 설움이 있는 땅은 모두 왕의 나라로소이다.

국민명시 문학독본

초판 1쇄 발행 2016년 3월 2일

지 은 이 윤동주 외
발 행 인 정현순
발 행 처 지혜정원
출판등록 제313-2010-3호(2010. 1. 5)
주 소 서울시 광진구 천호대로109길 59 1층
전 화 02-6401-5510 / **팩스** 02-6280-7379 / **전자우편** book@jungwonbook.com
홈페이지 www.jungwonbook.com / **블로그** blog.naver.com/wgbook

디 자 인 이용희

ISBN 979-11-87163-00-8 03810
값 9,000원